어느
무신론자의
기도

어느 무신론자의 기도

1판 1쇄 발행 2008년 8월 8일
2판 1쇄 발행 2010년 11월 12일
3판 1쇄 발행 2016년 1월 25일
3판 5쇄 발행 2024년 1월 22일

지은이 이어령
펴낸이 정중모
펴낸곳 도서출판 열림원

출판등록 1980년 5월 19일(제406-2000-000204호)
주소 경기도 파주시 회동길 152
전화 031-955-0700 | 팩스 031-955-0661
홈페이지 www.yolimwon.com | 이메일 editor@yolimwon.com
인스타그램 @yolimwon

ISBN 978-89-7063-995-6 03810

이 도서의 국립중앙도서관 출판예정도서목록(CIP)은
서지정보 유통지원시스템 홈페이지(http://seoji.nl.go.kr)와
국가자료공동목록시스템(http://nl.go.kr/kolisnet)에서 이용하실 수 있습니다.
(CIP제어번호: CIP2015035810)

# 어느
# 무신론자의
# 기도

이어령 시집

열림원

## 조금은 부끄럽고 조금은 기쁜

·

50년 동안 문단생활을 해오면서 처음으로 시집을 냅니다. 조금은 부끄럽고 조금은 기쁘기도 합니다.

초승달이든 보름달이든 우리는 달의 한 면밖에는 볼 수가 없습니다. 하지만 우리는 누구나 영원히 어둠에 싸여 있는 달의 이면이 있다는 사실을 알고 있기 때문에 볼 수는 없어도 상상할 수는 있습니다.

인간은 달의 경우처럼 죽을 때까지 남이 볼 수 없는 다른 이면을 가지고 삽니다. 그러나 상상력이 있기 때문에, 시가 있기 때문에 그것을 보고 표현할 수가 있습니다. 상상 속에서 떠오르는, 볼 수 없는 초승달 같은 것. 그것을 우리는 시라고 부릅니다.

딱정벌레가 있습니다. 겉은 갑주처럼 딱딱하지만 뒤집어 놓으면 말랑말랑한 흉부가 있습니다. 생명은 부드러운 것이기에 딱딱한 껍질의 도움이 필요합니다. 상하기 쉬운 온몸을 무쇠로 둘러싼 로마의 갑주병들 같습니다. 우리는 부드러운 것을 지키기 위해서 항상 무쇠처럼 단단한 물질에 둘러싸여 지냅니다.

산문의 언어는 딱정벌레의 등처럼 딱딱합니다. 그것으로 연약하고 부드러운 시의 육질을 보호해줍니다. 시를 쓴다는 것은 산문의 껍질 속에 숨어 있던 속살을 드러내는 행위입니다. 늘 생명은 위험에 노출되어 있고 급소를 훤히 보여줍니다. 시의 언어는 누가 찌르지 않아도, 상처 없이도 피를 흘립니다.

태초의 공간에는 물질과 반물질이 있었다고 합니다. 상반하는 이 플러스 물질과 마이너스 물질이 서로 부딪치고 결합하면서 거대한 빛의 에너지로 바뀌었다고 합니다. 그런데 불행인지 다행인지 플러스 물질이 마이너스 물질보다 조금 더 많아 빛이 되지 못한 채 남아 있는 것이 바로 우리가 살고 있는 이 물질계라고 합니다.

나의 몸 나의 집은 태초에 빛이 되지 못한 플러스 물질의 파편들 가운데의 하나라는 겁니다. 그래서 지금이라도 반물질을 만나면 그것들은 곧 빛이 되고 섬광이 되어 사라진다고 합니다.

시의 언어는 반물질인가 봅니다. 리얼한 것, 물질적인 것, 만질 수 있는 견고한 것. —시의 언어는 이러한 물질들과 결합하여 빛이 되려 합니다. 태초의 빅뱅을 일으킨 빛의 대폭발, 그 모방과 축소. 시는 반물질의 추억으로 지금 거친 모래알들을 화약처럼 폭발시켜 불꽃을 만들려고 합니다.

시를 썼습니다. 절대로 볼 수 없는, 그리고 보여서는 안 될 달의 이면 같은 자신의 일부를 보여준 것입니다. 그리고 그것은 딱정벌레의 껍질 뒤에 숨어 있는 말랑말랑한 내 알몸을 드러내는 것과 다를 것이 없습니다. 그러기에 시를 쓰고 나서는 늘 후회합니다. 빅뱅이 일어난 뒤 타다 남은 재처럼 물질에 매달려서 후회를 합니다.

시는 후회를 낳고 후회는 시를 낳습니다. 그래서 나의 이 첫 시집은 조금은 부끄럽고 조금은 기쁜 빛의 축제처럼 즐겁습니다. 하지만 아무도 나를 시인이라고 불러서는 안 됩니다. 나는 아직도 산문의 갑옷으로 무장하여 내 생명의 속살을 지켜갈 수밖에 없는 한 마리 딱정벌레 아니면 중세 때의 한 갑주병입니다.

평창동에서
이어령

# 혼자 읽는 자서전

— 나에게

## 시인의 사계절
— 시인에게

## 내일은 없어도
— 한국인에게

# 포도밭에서 일할 때
— 하나님에게

———

## 눈물이 무지개 된다고 하더니만

어머니들에게

# 눈물이 무지개 된다고 하더니만

도시락 싸 가는 학년이 되자 아이의 가슴은 부풀었지요
기다리던 점심시간 부러웠던 언니네들처럼
의젓하게 어머니가 싸주신 도시락 뚜껑을 열었습니다

그런데 보세요 그것은 새까만 꽁보리밥
흰쌀밥 도시락들 사이의 깜깜한 밥
부끄러운 아이는 교실을 빠져나와 뒷마당으로 갔습니다

어머니는 왜 도시락 먹지 않았느냐고 물으셨지만
그저 배가 아파서라고 말을 했지요

이제는 꽁보리밥이라도 창피할 것 없다고
다음 날 점심시간 아이는 도시락 뚜껑을 열었습니다
보세요 이번에는 보리밥이 아니라 진주알처럼 하얀 쌀밥
이제는 눈물이 나 작은 소리로 엄마! 라고 부르며
도시락 뚜껑을 덮었습니다

  어머니는 그날도 물으셨지요 왜 도시락 먹지 않고 그냥 왔
냐고
  아이는 또 배가 아프다고 거짓말하려다가
  엄마 가슴에 얼굴 묻고 울음을 터뜨렸지요
  다 알아요 어머니도 입 다물고 눈물 흘렸죠

  비가 와야 무지개가 뜬다고 하더니만

눈물이 무지개가 된다고 말하더니만
정말
먹지 못한 도시락을 사이에 두고
슬프고 슬픈데도 행복했어요

# 두 발로 일어설 때

처음 이 세상에 태어났을 때
아이는 짐승처럼 네발로 기었습니다
넘어져서 무릎을 깨는 일도 없었지요

그런데 보세요 시키지 않았는데도
기던 아이가 두 발로 일어섰어요
가르쳐주지 않았는데도
혼자서 위태롭게 발을 떼놓는 것을

주저앉으면 다시 일어서고
넘어지면 다시 무릎을 일으킵니다
이윽고 두 발로 걷기 시작할 때
얼굴의 미소를 보셨습니까

큰다는 것은
네발에서 두 발로 선다는 것
안전에서 위험으로 나간다는 것
낮은 곳에서 높은 곳으로 옮겨 간다는 것

어떤 짐승이 발레리나처럼 춤을 추고
어떤 짐승이 축구선수처럼 볼을 차고
어떤 짐승이 두 발로 일어서서 널을 뛰나요

세발자전거를 타던 아이가
두발자전거를 배우던 날
무릎을 깨뜨리는 아픔 속에서
자전거 바퀴가 처음 굴러갈 때
자전거 살이 아침 햇살처럼 눈부실 때

보세요, 상기한 얼굴에 떠오르는 미소
처음 두 발로 섰을 때처럼
보세요, 갑자기 커진 키의 높이를

# 겨울을 나는 법

어렸을 때 눈사람 만들던 때가 생각납니다
눈사람의 감동은 참으로 짧은 것
날이 포근하면 하루도 못 살고
자꾸만 허물어지고 작아지다가
흙탕물로 사라집니다

내가 만든 눈사람은
겨울의 추위 속에서만
살 수 있어요

눈사람을 만들어놓고
나는 나의 겨울이
사라지지 않도록
더 많은 눈
아라사의 추위를 달라고
빌었지요

정말 그래요
어린아이에게는 어린아이처럼 작은
겨울이 있고
목도리를 두르듯 두를 수 없는
눈사람의 추위가 있어요

저 어린것들의 손을 얼리는 찬바람이

저 어린것들의 발목을 시리게 하는
얼음장들이
꽃과 살아가는 봄철보다도
더 필요한 추위

여름밖에 없는 열대우림에서 자라는
나무들에는 나이테가 없다고 하잖아요
내 아이의 마음에서 자라는 나이테는
눈사람이 녹을 때마다 생기는 것
내 아이에는 아이들 키만큼의
눈사람 만드는 겨울이 있어요

# 어미 곰처럼

어미 곰은
어린것이 두 살쯤 되면
새끼를 데리고
먼 숲으로 간다고 해요
눈여겨보아두었던
산딸기밭

어린 곰은
산딸기에 눈이 팔려서 어미 곰을 잊고
그 틈을 타서 어미 곰은
애지중지 침 발라 키우던 새끼를 버리고
매정스럽게 뒤도 돌아보지 않고
떠나버려요

발톱이 자라고 이빨이 자라
이제 혼자서 살아갈 힘이 붙으면
혼자 살아가라고
버리고 와요

새끼 곰을 껴안는 것이 어미 곰 사랑이듯이
새끼 곰 버리는 것도 어미 곰 사랑

불같은 사랑과
얼음장 같은 사랑

세상에서 제일 맛있는
산딸기밭을 보아두세요
아이들이 정신을 팔고 있는 동안
몰래 떠나는 헤어지는 연습도 해두세요
눈물이 나도 뒤돌아보지 않는

그게 언제냐고요
벌써 시작되었어요
탯줄을 끊을 때부터
걸음마를 배울 때부터
손을 놓아주었던 그때부터
무릎을 깨뜨려도
잡은 손 놓아주었던 날을 기억하세요

# 작고 예쁜 말들

내 아이들에게 줄 예쁜 말들을 골라보세요
은단추 같은
프리지어의 꽃 같은
향수병 같은
작고 향기로운 말들을 골라보세요

꿈
구름
날개
별
은방울
은하수
그리고 다시
은하수
은방울
별
지구본
집짓기
저금통 집을 여는
작은 열쇠

그리고 그런 작은 말 끝에 아기란 말
생명이란 말을 붙여보세요

정말 크고 큰 세상이 보일 겁니다

# 심장소리

숨 쉬는 소리를 들어보세요
심장이 뛰는 소리를 들어보세요
살아 있는 것들은 자기 몸 안에
시계 하나씩을 지니고 산다는 말

숨을 한 번 내쉬고 들이마실 때
심장은 네 번 뛴다는 말
사람, 코끼리, 생쥐까지도
모든 포유류가 다 같다는 말

숨 쉬는 횟수는 5억 번
심장이 뛰는 수는 20억 번
일생 동안 뛰는 수는 똑같다는 말

짐승들의 몸집과 수명은 다 달라도
몸속의 시계는 다 같은 것
각자의 몸 시계로 일생을 재면
큰 코끼리 시간 작은 생쥐의 시간이
똑같다는 말

아니지 그럴 리가 없어요
젖을 먹으며 아기는 엄마의 가슴에서 뛰는
심장소릴 듣고
엄마는 아기를 품 안에 안으며 아기

숨소리를 듣고

그것은 사랑의 시계
우주의 시계

영원의 시계가 돌아가는 소리
그것은 5억이나 20억의 수로는
계산할 수 없는
생명의 고동 생명의 숨

# 마지막 남은 말

내 머릿속의 단어들이
비듬처럼 떨어진다
세 살 때 배운 말들이 너무
낡고 닳아서 이제는
가루가 되었나 보다

그런 아침에는 머릴 감는다
머리카락에 송진처럼 묻어 있는
끈적끈적한 낱말들을 씻기 위해서
어젯밤 텔레비전 광고에서 본
향기가 숲 속 같다는 순수한 샴푸
말갛게 헹굴 컨디셔너도 사다
머리를 감아야겠다

시험 전날 졸면서 외우던 낱말
여드름 자국처럼 지워지지 않는 청춘의 말
지금은 없는 실크로드의 이상한 도시 이름들

옛날 전화번호와
지워진 본적지 주소도
열세 자리 주민등록번호도
샴푸의 거품으로 다 씻어버리자

그러나 아니 된다

내 앞이빨 근지럽게 하던 몇 마디 말
최초로 배운 내 모국어의 모음과 자음
이 말만은 안 된다
엄마 아빠
그리고 맘마 지지

# 바람의 눈

창문으로 바람만이 드나드는 게 아니다
창문에는 바깥 풍경과 방 안 풍경이 동시에 왕래한다
창문은 바람의 눈
언덕 위의 깃발이 나부끼고
산 위의 구름이 흐르는 것이 보일 때처럼
흔들의자에 앉아 수놓는 당신의 모습
물결치는 머리카락을 볼 수 있다

창문은 바람의 눈
창문에 불이 켜지면
벽시계가 걸려 있는
방 안이 보인다
일어섰다 앉는 당신들의 몸짓과 웃음
생선 굽는 내도 배어 나온다

집에 창이 있다는 것은
몸에 영혼이 있는 것처럼 아름다운 일이다
창이 없었더라면 나는 밖에서
당신은 안에서
영원히 떨어져 있는 섬

아무리 멀리 떨어져 있어도
아무리 창문을 굳게 닫아도
바람의 눈으로 당신을 본다

° 영어의 'window(창)'라는 말은 'windeye(바람의 눈)'에서 나온 말이라
고 한다.

# 두 개의 섬

섬에도 태어나는 방식에 따라서
두 가지 다른  종류가 있다고 하던데
대륙에서 격리된 것과
바다에서 홀로 솟아난 것
이라고 한다

해일로 파도가 갑자기 높이 칠 때
한 녀석은 달음박질하듯
뭍을 향해 뛰고
또 한 녀석은 잠수부처럼
바다 밑으로
자맥질을 하는 시늉을 한다

섬에는 두 가지 종류가 있다고 하던데
너는 대륙에서 떨어져 나온 섬이고
아무래도 나는
바다 밑에서 혼자 솟아난
외로운 섬인가 보다

# 장미가시에 찔려서

시인 릴케는 장미가시에 찔려서 죽었습니다
큰 상처가 나면 피가 흐르고 약을 바르고
병원에 가고
그러나 작은 상처는 그냥 내버려둡니다
작은 상처에서는 피가 흐르지 않아
파상풍 같은 균이 몸속으로 배어들어요

시인 릴케를 죽인 장미가시처럼
아주 작은 것들이 호랑이 발톱이 되고
아름답고 향기로운 것이 독버섯의 독이 됩니다
하찮은 말이 천둥보다 빠르게 가슴을 칩니다

아이들이 자고 나서 세수하는 그사이에
아이들이 자고 나서 인사하는 그사이에
바늘같이 작은 가시들이 여린 피부에
피도 흐르지 않는 상처를 냅니다

연필을 깎다가 TV를 보다가 냉장고 문을 열다가
서랍을 열고 종이를 접고 자전거를 타다가
아주 작고 작은 장미가시에 가슴을 찔려요
남들은 그 작은 상처를 보지 못하지만
살 속에 박힌 가시를 보지 못하지만

어머니는 봐요

사랑은 돋보기처럼 아무리 작은 상처라도
어머니 눈에는 보여요
시인 릴케를 죽인 장미가시를

# 반짇고리

어머니나 누님의 반짇고리 속을
들여다본 적이 있는가
작은 골무가 있고 그보다 더 작은
유리 단추가 있다
실타래에 몰래 숨어 무엇을 엿듣는
은빛 작은 강철의 바늘귀,
색색의 작은 헝겊들,
내가 버린 몽당연필도
구석에 들어 있다

그러나 어느 날 이 반짇고리 속에서
무지개 같은 찬란한 조각보가
생겨나는 것을
마치 마술상자처럼 곱게 기워진
버선이나 양말이 다시 태어나는 것을
혹은 선녀의 옷처럼 눈부신 설빔이
나타나는 것을
보지 않았는가

미래학자들은 어려운 말로 이야기한다
IT BT NT의 세 문명의 형제가 온다고
노스트라다무스를 닮은 예언자들은
라틴말로 외친다. 지구의 종말이 온다고
신문과 텔레비전은 매일같이 기상예보를 하듯

문명의 비와 구름과 바람을 점친다

그러나 우리는 안다
미래의 문명은 어머니 누님의 반짇고리 같은
상자 안에서 나온다는 비밀을
남들이 버린 작은 것들을 몰래 모아
지성의 바늘, 감성의 여러 색실로
마르고 꿰매고 이어서 내일 입을 옷을 짓고,
새 문명의 조각보를 만들어내는
여기 이 어머니의 작은 반짇고리 속에서
태어난다는 것을

# 혼자 읽는 자서전

나에게

# 내 몸속의 사계절

내 몸에서
머리카락이 자라나고 있는 것을
미처 느끼지 못했다
손톱 발톱이 자라는 것을 모르는 것처럼
내 몸 한구석이 화석化石이 되는 것을
나는 몰랐다

밤마다 초승달처럼 어둠 속에서 아주 조금씩
몰래 숨 쉬며 자라는 머리카락들이
어느 날 광야를 달리는 말갈기처럼 휘날릴 때
비로소 나는 겨울이 오고 있음을 느낀다

머리카락이 촉촉이 젖으면 봄이 되었음을 알고
소낙비에 흠씬 젖으면 여름 속에 내가 있음을 안다
그러다 아픈 감각도 없이 하나둘 머리카락이 뽑혀나가면
나의 가을이 오고 있는 거다

머리카락 위로 무서리가 내려 하얗게 세고
삭풍 속에서 나목처럼 바람에 나부끼면
그때 나는 느낀다 내가 겨울이 되었음을

생명이 굳어지면 발톱이 되고 손톱이 되지만
몇 억 년 잠든 화석에서 유전자들이 눈 부비며 일어나듯
머리카락들이 다시 자라면 그때 비로소 느낀다

심장의 박동소리를 내며 머리카락이
추억을 지닌 사화산처럼 폭발한다

# 도끼 한 자루

보아라, 파란 정맥만 남은 아버지의 두 손에는
도끼가 없다
지금 분노의 눈을 뜨고 대문을 지키고 섰지만
너희들을 지킬 도끼가 없다

어둠 속에서 너희들을 끌어안는 팔뚝에 힘이 없다고
겁먹지 말라
사냥감을 놓치고 몰래 돌아와 훌쩍거리는
아버지를 비웃지 말라
다시 한 번 도끼를 잡는 날을 볼 것이다

25만 년 전 아프리카에서
처음 호모사피엔스가 출현했을 때
그들의 손에 들려 있었던 최초의 돌도끼
멧돼지를 잡던 그 도끼날로 이제 너희들을 묶는
이념의 칡넝쿨을 찍어 새 길을 열 것이다

컸다고 아버지의 손을 놓지 말거라
옛날 나들이길에서처럼 마디 굵은 내 손을 잡아라
그래야 집으로 돌아와
어머니가 차린 저녁상 앞에 앉을 수 있다

등불을 켜놓고 보자
너희 얼굴 너희 어머니 그 옆 빈자리에

아버지가 앉는다
수염 기르고 돌아온 너희 아버지
도끼 한 자루

# 메멘토 모리

목숨은 태어날 때부터
죽음의 기저귀를 차고 나온다
아무리 부드러운 포대기로 감싸도
수의壽衣의 까칠한 촉감은 감출 수가 없어
잠투정을 하는 아이의 이유를 아는가

한밤에 눈을 뜨면
어머니 숨소리를 엿듣던
긴 겨울밤
어머니 손 움켜잡던
내 작은 다섯 손가락

애들은 미꾸라지 잡으러 냇가로 가고
애들은 새둥지 따러 산으로 가고
나 혼자 굴렁쇠를 굴리던 보리밭길

여섯 살배기 아이의 뺨에 무슨 연유로
눈물이 흘렀는가
너무 대낮이 눈부셨는가
너무 조용해 귀가 멍멍했는가

굴렁쇠를 굴리다 흐르던 눈물
무엇을 보았는가
메멘토 모리

훗날에야 알았네
메멘토 모리

° 메멘토 모리memento mori: 'm'자 세 개가 겹쳐져 있는 아름다운 라틴
어. "나는 언젠가 죽는다는 것을 생각하라"는 뜻으로 "먹고 마시라, 내일은
죽으니까"라는 향락적 찰나주의의 경구이기도 하고, 반대로 그러니 오만하지
말고 성실하고 경건하게 인생을 보람 있게 살아야 한다는 엄숙주의의 의미로
사용되기도 한다.

# 흑백사진

사진틀을 기억의 거울이라 불렀던 시절
백인 선교사 앞의 아프리카 원주민처럼
나는 단체사진을 찍었다

장미를 찍어도 까맣게 나오고
갠 하늘도 늘 흐린 흑백사진
평생 웃은 적이 없다는 뉴턴처럼
입 다문 내 얼굴의 흑백사진
지금이라면 치즈라고 미소를 지었을 텐데

소리와 색깔은 다 어디 가고
솔개가 조용히 날고 있는 하늘처럼
기억의 거울 속은 늘 조용하다

비디오테이프처럼 되감아 보는 사진
어디에선가 개 짖는 소리 들리고
청솔가지 타는 냄새 풍기고
손끝에 황토 흙이 묻어난다

비 오는 날 이불 속처럼 아늑한
나의 성城 나의 청춘
가위질할 수 없는
흑백시간이여

# 거리에서

발톱이 빠지도록 괴롭게 살면서도
모두들 살고 싶다고 외치는 거리
한 번도 사본 적이 없는 맥도날드의
빅맥이 먹고 싶다

외할머니가 입김으로 호호 불며
껍질을 벗겨주시던 못생긴 감자가 아니라
매니큐어를 칠한 손가락 같은 포테이토칩을
아삭아삭 씹고 싶다

스튜어디스가 웃고 있는 포스터
항공사 대리점 창유리 앞에 서면
수즈달은 러시아 블라드미르의 중세도시
종탑에서 일제히 울리는 저녁 종소리

닥터 지바고의 라라처럼 생긴 예쁜 여자가
창밖의 거리를 내려다보는 아침
하이! 하고 멋쩍게 손을 들고 인사하는
그런 외국의 거리였으면 좋겠다

발톱이 빠지도록 괴롭게 살면서도
모두들 살고 싶다고 외치는 거리
무성영화의 낡은 필름처럼 움직이는 양 떼들의 침묵
붉은 신호등이라도 혼자 건너자

우비 입은 교통순경이
호루라기
크게
불며
달려왔으면 좋겠다

# 오래 다닌 길

잊고 있던 이름들이
문득 돌아와 생각나듯이
지금 바람이 분다

파란 정맥이 전선電線줄처럼 우는 골목
다들 어디 가고 여기서 바람소릴 듣는가

식은 재를 헤집듯이
잃어버린 이름을 찾는다
정원이 홍근이 원순아
그런 날 밤새도록 바람이 불면
보고 싶다
오래 다닌 길

# 허물

몰래 보면 볼 수가 있다
아무도 일어나지 않은 이른 아침
이슬 내린 숲 속으로 가면

매미가 허물을 벗고 매미가 되는 것을
뱀이 허물을 벗고 뱀이 되는 것을

나무들이 허물을 벗고 나목이 되고
바위가 허물을 벗고 구름이 되고
강물이 허물을 벗고 비가 되는 것을
몰래 보면 볼 수가 있다

허공 속에서
허허 웃으며
허허 벌판에서
허물 벗고 내가 되는 것을

# 바람 부는 날

바람이 불면 나무는 짐승이 된다
나무는 더 이상 섬유질의 기둥이 아니다
이파리마다 갈퀴가 되고
가지는 일제히 몸을 흔들며 포효한다

나뭇등걸은 마디마디
신경을 지닌 척추처럼
굽기도 하고 펴지기도 한다

바람이 불면 나무들은 짐승이 된다
때로는 뿌리들도
육식동물들처럼 이빨로 벌판을 문다

길을 따라 늘어선 가로수들도
줄 밖으로 나와 제가끔 다른 방향으로
뛰어간다

바람이 불면 나무도 풀도
성난 독수리가 되어
수직으로 하늘을 향해 깃을 세운다

바람 부는 날에는 나무꾼이나 목재상이나
대패를 든 목수들까지도
황급히 몸을 낮춘다

발톱을 세우고 벌판을 달리는
쥐라기 공룡이 된 나무가 두렵다

바람 부는 날은
목숨이 진한 짐승처럼
나도 나무처럼
빨간 바람개비가 된다

# 길 위에 흘린 것들

모퉁이길을 돌아서면
누가 흘리고 간 것인가
녹슨 호루라기 같은 것
찢어진 야구장갑 같은 것
길 위에 많은 것들이 떨어져 있다

모퉁이길을 돌아서면
돌멩이는 은방울같이 진동하고
비닐봉지는 아침 나비처럼
가냘픈 바람을 일으킨다

역광 속에서 나를 향해 걸어오는 사람들은
아무 의미도 없이
키 작은 여자애들은 아이스크림을 흘리고 가고
비만한 아줌마들의 개는 오줌을 흘리고 가고
지뢰밭처럼 걷는 노인들은 기침을 흘리고 가고

이국異國 땅 새벽 공기를 마시면서
나는 몰래 한국말로 안녕하세요,
길 위에 인사말을 흘리고 간다

내일 아침 다시 이 모퉁이길을 돌아서면
어제 보던 것들은 다 어디 가고
생과자를 쌌던 은박지, 생라면 봉지들이

이슬에 젖어 운모처럼 빛나고 있겠지

그리고 중풍 걸린 노인이 걷던 길에는
찰스 브론슨처럼 생긴 청바지 입은 청년이
내 소심하게 흘린 인사말 위에 답례를 하듯
불법 복제한 MP3 일본말 엔카 한 곡을
흘리고 가겠지

° '교토 일기' 중에서.

# 엑스트라

TV 연속극을 보다가
벼랑 끝에 몰린
사나이를 보고
아이가 말했다
"걱정 마
주인공이니까
안 죽어."

네 말이 맞다
주인공은 안 죽는다
죽으면 이야기가 끝이 나니까
연속극은 끝이 나고 말아

죽는 것은
단역들의 몫이다
죽지않고 살아 있어도
단역들은 매일 죽는다
한 장면을 위해 그냥 나왔다
사라지니까

단역들이 없어도
연속극은 계속되니까
맞다 네 말이 맞다
주인공은 죽지 않는다

# 혼자 누운 날

내 안에 많은 생명들이 있다
머리카락 수만큼,
자라나는 손톱 길이만큼
더 많으면 수십 억 수백 억 세포의 수만큼
내 안에는 다른 생명들이 산다

그것들이 날 위해서 오늘도 바이러스와 싸우고
면역체를 만들어내느라고
몸뚱이에 신열을 일으킨다

기침을 하면 허파가 울린다
기침을 하면 기도에서 가래가 나온다
기침을 하면 누선을 적시는 눈물이 맺힌다

그 작은 생명들이 소리 없는 함성을 지르며
싸우는 전쟁의 소리를 듣는다

오므론 디지털 체온기는 38도 5부
어디에선가 또 나도 모르게
독한 바이러스와 싸우다가 죽어가는
내 안의 작은 생명들이 보내는 신호

내 안에는 많은 생명들이 있다
머리카락 수만큼,

지문의 소용돌이만큼

° '교토 일기' 중에서.

# 수면제 스무 알 속의 밤

처음 만난 사람의 이름처럼 외우기 힘든 드랄정
처방전 기호는 SS520
내 긴 겨울밤이 스무 개의 알약 안에
밀봉되어 있다

힐티는 잠 오지 않는 밤을 위해서
글을 썼고
의사와 약제사들은 화학기호로
처방전을 쓴다

벽시계소리가 숨소리처럼
심장소리처럼 잠들지 않는다
돌고래는 한 눈을 뜨고 잔다는데
나는 무엇을 지키기 위해
불침번처럼 두 눈을 뜨고 밤을 지키나

새벽닭도 울지 않는 아파트 시멘트 벽
무엇을 들으려고 귀 기울이는가

드랄정 스무 개 하룻저녁에 한 알씩
스무 날의 겨울밤이
비닐봉지 속에서 미리 잠자고 있다

잠 오지 않는 밤을 위해 힐티는 글을 쓰고

의사와 약제사는 화학기호를 쓰고
한 눈만 감고 잔다는 돌고래를 부러워하면서
하품을 한다

황진이黃眞伊의 동짓달 밤과도 같이
긴 하품하고 나면
아무 의미도 없는
차가운 눈물이 고인다

# 세븐일레븐의 저녁시간

세븐일레븐을 나오면 벌써 저녁
땅거미 진 거리에는
그림자도 없어
혼자서 돌아온다

DPE 빈 가게의 유리 안에서
형광등처럼 켜지는
기모노 입은 여인의 환한 웃음

비닐봉지 안에서 식어가는 식빵의 식욕
체온계처럼 옆구리에 끼고 가다가
내일 아침에도 혼자 앉을 식탁을 생각한다

세븐일레븐을 나오면 가랑비가 온다
지폐보다 가벼운 쇼핑백의 무게
비에 젖어도 가벼운 하루의 무게

# 닭

새벽보다 먼저 오는
빛의 목소리

얼마나 얇은 눈꺼풀이기에
어둠 속에 스미는 노을 한 오라기
스치는 바람에도
눈을 뜨는가

닭은
빛을 토할 뿐
울지 않는다

# 정말 그럴 때가

정말 그럴 때가 있을 겁니다
어디 가나 벽이고 무인도이고
혼자라는 생각이 들 때가 있을 겁니다

누가 "괜찮니"라고 말을 걸어도
금세 울음이 터질 것 같은
노엽고 외로운 때가 있을 겁니다

내 신발 옆에 벗어놓았던 작은 신발들
내 편지봉투에 적은 수신인들의 이름
내 귀에다 대고 속삭이던 말소리들은
지금 모두
다 어디 있는가
아니 정말 그런 것들이 있기라도 했었는가

그런 때에는 연필 한 자루 잘 깎아
글을 씁니다

사소한 것들에 대하여
어제보다 조금 더 자란 손톱에 대하여
문득 발견한 묵은 흉터에 대하여
떨어진 단추에 대하여
빗방울에 대하여

정말 그럴 때가 있을 겁니다
어디 가나 벽이고 무인도이고
혼자라는 생각이 들 때가 있을 겁니다

# 향기로운 비 — 사랑하는 훈우薰雨에게

얼마나 큰 슬픔이었기에
너 지금 저 많은 빗방울이 되어
저리도 구슬피 내리는가

한강으로 흐를 만큼
황하를 채울 만큼
그리도 못 참을 슬픔이었느냐

창문을 닫아도 다시 걸어도
방 안에 넘쳐나는 차가운 빗발
뭔가 말하고 싶어 덧문을 두드리는
둔한 목소리

그런데 이 무슨 일이냐
시든 나뭇잎들은 네 눈물로 살아나
파란 눈을 뜨고
못생긴 들꽃들은 네 한숨으로 피어나
주체하지 못하는 즐거움으로 빛살을 짓는다

얼마나 큰 기쁨으로 태어났으면
저리도 많은 빗방울들이
춤추는 캐스터네츠의 울림처럼

그리움에 목 타는 목을 적시고
미어지는 가슴을 다시 뛰게 하더니
어느새 황홀한 무지개로 오느냐

향기로운 비가 내린다
너 지금 거기에 살아 있구나
표주박으로 은하의 강물을 떠서

잘 있다 잘 산다 말하려고
너 지금 그 많은 비가 되어
오늘 내 문지방을 적시는구나

비야 향기로운 비야

# 잠수潛水

사랑은 관찰이 아니다
잠수다
강물을 사랑하는 사람은
아름답다고 말하지 않고
그냥 뛰어든다

차갑고 깊은 냇물 바닥으로
잠수한다

아가미처럼 겨드랑이 사이로
물방울을 느끼며 호흡한다
백수광부白首狂夫처럼
잡아도 돌아다보지 않고
허파에 물이 차도
결코
죽은 물고기처럼 물 위에 떠서
떠내려가지 않는다

떠내려가지 않는다
강물에 어둠이 깔려도
별들처럼 물 위에 붙박일망정
떠내려가지 않는다

사랑은 관찰이 아니다

잠수다
수초도 자라지 않는 바닥 밑으로
잠수복도 없이 그냥 가라앉는 것
사랑은 관찰이 아니다
잠수다
모래 속에
사랑하는 마음속에
그냥 숨는 모래무지다

# 빈 병 채우기

술병이든 향수병이든
큰 병이든 작은 병이든
빈 병을 보면 그 안으로
들어가고 싶던 생각

연기煙氣의 거인처럼
좁은 아구리로 빨려 드는 꿈
학교 종, 구구단도 침범할 수 없는
아늑한 방
병목이 좁고 길수록 깊어지는 잠

술병이든 향수병이든
큰 병이든 작은 병이든
빈 병을 보면 그 안을
채우고 싶던 생각

온종일 물을 붓고
모래를 넣다가 벌레와
새끼손가락을 집어넣어도
채워지지 않는 빈 병의 바닥

그러다 정말 심심하던 날
입김으로 불던 빈 병 소리
정말 그 소리가 그랬을까

어머니 장독대의 빈 항아리
아버지가 놓쳤다는 막차의 기적汽笛

동면할 자리를 찾아다니다
게으른 뱀이 똬리를 트는
11월 들판의 서리 바람소리

당신들이 다 마시고 버린 술병들을
당신들이 뿌리다 소모한 향수병들을
이제 와서 나더러
어쩌라는 거냐

물로도 모래로도 채울 수 없던
무슨 수로 빈 병을
채우라는 거냐

나의 폐는 너무 낡고
나의 입김은 너무 차가워

그래도 힘껏 불면
듣는가
빈 병 바닥에서 울리는 소리
섣달그믐에 출항하는 배

깃 차고 날아오르는
새벽 숲소리

# 연시 — 김소월을 흉내 낸

당신이 찾을 때에는
나는 없어요
노을이 지고 벌써 성문은 닫혔어요

당신이 찾을 때에는 나는 없어요
바람이 되어 풀이 되어 이슬이 되어
당신 곁에 있지만
당신은 날 볼 수 없어요

당신이 찾을 때에는 나는 없어요
나는 소설책 주인공이 되어
남들은 내 이야기를 읽을 수 있지만
당신은 내 말을 들을 수 없어요

당신이 찾을 때에는
나는 없어요

# 수인영가 囚人靈歌

허공을 향하여 독침을 찌르고
땅 위에 떨어진 웅봉熊蜂의 시체를 본다
어느 왕자의 장례 행렬같이
숱한 개미들이 열을 지어 간다

이 조그만 비극의 모형 앞에서
나는 차마 울 수가 없다
묘지에 피는 꽃송이들처럼
인간은 인간의 피를 마시고
아름답게 핀다

어째서 그 사람은 나를 보고 웃었을까
어째서 그 사람은 나를 보고 울었을까
어째서 나는 그 사람을 보고 울었을까
어째서 나는 그 사람을 보고 웃었을까

제각기 혼자서 자라는 꽃나무처럼
자기가 서 있는 자리를 떠날 수가 없다
서로의 그림자만이 얼핏이 얽히는
고요한 화원이다


° 메모―『지성의 오솔길』 '수인영가' 중에서.

# 하나의 나뭇잎이 흔들릴 때

하나의 나뭇잎이 흔들릴 때
나는 하나의 공간이 흔들리는 것을 보았다
조그만 이파리 위에
우주의 숨결이 스쳐 지나가는 것을 보았다

하나의 나뭇잎이 흔들릴 때
나는 왜 내가 혼자인가를 알았다
푸른 나무와 무성한 저 숲이
실은 하나의 이파리들의 모임이라는 것을
제각기 돋아나 홀로 지는 하나의 나뭇잎
한 잎 한 잎 따로 살고 있는 고독의 자리임을
나는 알았다

잎과 잎 사이를 영원한 세월과 무한한 공간이
가로막고 있는 것을 나는 보았다

하나의 나뭇잎이 흔들릴 때
나는 왜 내가 있는가를 알고 싶었다
왜 이렇게 살고 싶은가를
왜 사랑하며 왜 싸워야 하는지 이유를
알고 싶었다

나뭇잎은 생존의 의미를 향해 흔드는 푸른 행커치프
태양과 구름과 소나기의 증인

나뭇잎이 흔들릴 때 살고 싶은 욕망도 흔들린다

하나의 나뭇잎이 흔들릴 때
나는 어디로 가야 하는가를 들었다
대지를 향해서 나뭇잎은 떨어진다
어둡고 거친 흙 속으로 향하는 나뭇잎들을 본다

거부하지 말라
하나의 나뭇잎이 흔들릴 때
대지는 더 무거워진다
피가 뜨거울 때 잘 있어 잘 가라
인사말을 하고 떠나야 한다

눈으로 볼 수 없는 *끈끈한* 인력이
나뭇잎을 유혹한다
하나의 나뭇잎이 흔들릴 때
하나의 나뭇잎이 흔들릴 때

우리의 마음이 흔들린다
우주의 공간이 흔들린다

시 인 의  사 계 절

시인에게

# 봄의 시인

꽃은 평화가 아니다
저항이다
빛깔을 갖는다는 것,
눈 덮인 땅에서 빛깔을 갖는다는 것
그건 평화가 아니라 투쟁이다

검은 연기 속에서도
향기를 내뿜는 것은
생명의 시위
부지런한 뿌리의 노동 속에서
쟁취한
땀의 보수

벌과 나비를 위해서가 아니다
열매를 맺기 위해서가 아니다
꽃은 오직 자신을 확인하기 위해서
색채와 향기를 준비한다
오직 그럴 때만 정말 꽃은 꽃답게 핀다

꽃은 열매처럼 먹거나
결코 씨앗처럼 뿌려 수확을 얻지는 못한다
다만 바라보기 위해서
냄새를 맡기 위해서 우리 앞에 존재한다

그래서 봄이 아니라도
마음이나 머리의 빈자리 위에 문득
꽃은 핀다

시인의 은유로 존재하는 꽃은
미소하고 있는 게 아니다
가끔 분노로 타오른다

나비도 벌도 오지 않는 공장 굴뚝 밑에
한 송이 꽃이 피어 있는 우연!

꽃이 있어 우리는 태곳적 생명의 기억을
갖고 산다
꽃은 시인의 은유로
졌다가도 다시 우리 곁에 돌아와
슬그머니 핀다

# 여름의 시인

여름의 태양은
물만 증발시키지는 않는다
딸기처럼 붉게 익어 터지는
7월의 태양 밑에서는
모든 것이 대기로 바뀐다

도시는 잘못 찍은 노출과다의 사진처럼
윤곽선을 잃고 인화지만 반짝인다
사막의 신기루 같다

보지 않았는가?
정오의 시가지를
아스팔트 길이 돌연히 일어서
하늘로 뻗어 올라가는 것을

태양이 정수리로 꽂힐 때
수풀들이 그림자를 잃고 팽창한 패러슈트처럼
허공에 둥둥 떠다니는 것을

여름은 바다를 일어서게 한다
파도에 더 많은 부력을 주어
해안선은 높아지고
해변가 천막들은 뭉게구름처럼 부푼다

언어에 빛과 열을 가하면
여름의 도시와 바다가 된다
굳어 있던 이념들은
원색의 비치파라솔처럼 펴지고
누워 있던 일상의 언어들은 일어나
해일을 일으킨다

중력에서 벗어난 사물들은
완강한 땅의 경계선에서 풀려나고
웹스터 사전 속에 정리된 얌전한 말들은
비등점을 넘어 한국말이 되고 중국말이 되고
한 번도 듣지 못한 스와힐리어로 변신한다

슬픔, 외로움, 죽음─검은 테 두른 낱말들에
빛의 뜨거운 여름 손가락이 닿으면
신속하게 눈물의 습기가 말라
여름 시인들은
강철까지도 구름으로 만든다

태양의 인력이 가장 커지는 여름
보지 않았는가!
나무와 돌멩이와 짐승과 사람들이
한데 어울려
하늘로 추락해가는 것을

날이 지날수록 검게 타는 시인들의 근육이
아틀라스처럼 땅덩어리를 번쩍 들어 올리는 것을
바다를 수직으로 일으켜 세우는
여름 태양의 위력을 보지 않았는가

# 가을의 시인

항아리에 먹을 것을 채우지 않아도 배부른 가을
시인은 가을에 시를 쓴다
배부름 속에 허기가 남아 있기 때문이다

영글어가는 들곡식
울타리 안에서 여름 태양의 추억처럼 빨갛게 익는 감
서늘한 바람이 지날 때마다
바늘 하나하나가 날카로워지는 밤송이
그것만으로 이 가을의 시장기를 다 채울 수는 없다

시가 필요할 것이다
가을의 영광에는 서리가 있고
단풍의 극채색의 사치 속에는 부고와 같은
검은 고목의 가지가 기다린다
산다는 것과 죽는다는 것이 손등과 손바닥처럼
하나로 오는 단풍잎
그래서 가을은 시가 필요할 것이다

모든 계절의 언어는 명사로 끝나지만
가을만은 "가을하다"의 동사
행동하는 시인은
가을에 시를 쓴다

가을의 모든 것은 바깥 들판에 있다

나뭇가지가 아니라 이파리 위에 가을이 있듯이
그러나 가을에 시를 쓰는 시인들은
밖에 있는 모든 것들을 안으로 저장한다

해가 더 짧아지리라
가을은 밤을 예비하고 시인들은 가을에 시를 쓴다
수줍은 시인은 환한 대낮보다
밤에 시를 쓰기 때문이다
어둠 속에 많은 말들이 있다
박쥐나 부엉이처럼 밤에만 날개깃을 세우는 말들이 있다
낮에 숨어 있던 별들이 하나둘 솟아나는 것처럼
밤에는 많은 말들이 불을 켠다

가을밤은 자꾸 깊어져갈 것이고
여름밤은 너무 짧아 다 쓰지 못한 말들을
시인은 가을에 시를 쓴다
하지만 가을의 시인이 쓰는 시에는 가을이 없다
벌써 겨울이 오고 찬 서리가 내리고
성급한 강물은 얼어붙는다
시인은 모자를 쓰고 가을을 떠난다 기침을 하고
잠시 골목을 기웃거리다가,
시인은 가을바람처럼 떠난다
시를 써놓고 떠난다
나뭇잎이 가지를 떠나듯이 시로부터 떠난다

시는 생성하고 시는 죽는다
가을의 모든 생명처럼

# 겨울의 시인

나무가 되는 시간
돌의 시간

겨울이 오면
짐승들은 땅속에 숨어
개구리처럼 흙 속에 묻힌
작은 돌멩이가 된다

나무들은 굳어서 돌이 되고
이파리는 쥐라기의 화석이 되고
뒤틀린 가지들은 광맥의 시루켜를 만든다

봄은 꽃, 식물들 것이지만
여름은 소낙비, 동물들 것이지만
가을은 서리, 겨울은 얼음,
광물들의 시간
강물은 흐르다가 돌이 된다

겨울이면 사람들도
돌의 시간으로 돌아간다
살과 피가 아니라
이빨로 느끼고 등뼈로 생각한다

가장 예민하고 위험한 짐승

시인들도
화강석의 견고한 시간이 오면
끌이나 정으로 언어를 쪼아낸다
석수장이처럼

겨울의 시인들은 삶을 노래하지 않고
파내고 캐낸다
곡괭이를 든 광부처럼
영혼처럼 진동할망정 낙하하지 않는다

늙은 시인은 형용사나 부사를 믿지 않는다
모든 잎이 다 지고 난 뒤
가지의 아름다움을 나타내는 나목처럼
심줄만 남은 언어로 늙은 시인은
슬프고 찬란한 시를 쓴다

# 식물인간

사람들은 모두 괜찮다고 한다
비 오는 날엔 우산이 있으니까 괜찮다고 한다
잠 오지 않는 날이면 술 한잔이 있으니 괜찮다고 한다

수면제가 있으니까 괜찮다고 한다
계를 탈 차례가 오면 돈이 없어도 괜찮다고 한다
독감에 걸려도 괜찮다고 한다
텔레비전에는 약 광고가 많으니까
약방은 다방보다도 많으니까
괜찮다고 한다

광대가 줄을 타다 떨어져도 그것은 서커스니까
괜찮다고 한다
아이가 자동차에 치여도 그것은 암이 아니니까
괜찮다고 한다
철새들이 죽어도 그것은 사람이 아니니까
괜찮다고 한다

도시의 어스름한 골목길에서
속옷을 벗어야 하는 계집애들이
눈물을 흘리고 또 흘려도,
나에겐 약혼자가 있으니
괜찮다고 한다

온실을 가진 사람은 근심하지 않는다,
겨울 가로수의 늙은 가지들을
지붕을 가진 사람은 근심하지 않는다,
노숙자 위에 내리는 저녁 이슬을
고양이를 기르는 사람은 근심하지 않는다,
밤마다 대들보를 긁는 극성스러운 쥐들을

차표나 극장이나 호텔이나 무엇이든
예약을 끝낸 사람들은 근심하지 않는다
길게 줄 서 있는 사람들을

모두 괜찮다고들 한다 죽음까지도 보험에 들었으니
괜찮다고 한다
손톱을 다듬다가, 귀를 후비다가, 양말을 갈아 신고 넥타이
를 매다가, 커피를 마시며 신문을 읽다가
혼잣말처럼 괜찮다고
괜찮다고 중얼거린다

어제오늘 일이 아니니 괜찮다고 한다
모두 옛날이야기를 하듯이 말들을 한다
만화책을 보듯이 말들을 한다
오늘도 해가 뜨니 괜찮다고 내일도 해가 뜨니 괜찮다고
'어서 오십시오'라고 백화점 문지기들처럼 말들을 한다

그런데도 누군가 울고 있다
해가 뜨는데도,
약 광고가 있는데도,
우산이 있고,
술이 있고,
수면제가 있고,
봄이 오고 있는데도

누군가가 지금 울고 있다

# 종을 만드는 마음으로

대장장이가 범종을 만들듯이
그렇게 글을 써라
온갖 잡스러운 쇠붙이를 모아서 불로 녹인다
무디고 녹슨 쇳조각들이 형체를 잃고 용해되지 않으면
대장장이는 망치질을 못한다

걸러서는 두드리고 두드리고는 다시 녹인다
그러다가 쇳조각은 종으로 바뀌어
맑은 목청으로 운다
망치로 두드릴 때의 쇳소리가 아니다

사냥꾼이 한 마리의 꿩을 잡듯이 그렇게 글을 써라
표적을 노리는 사냥꾼의 총은
시각과 청각과 촉각과 그리고 후각의
모든 감각의 연장延長이고 연장道具이다

묶여 있는 것이 아니라 항상 움직이고
숨는 것을 향해 쏘아야 한다
또 돌진해오는 것들을 쏘아야 한다
표적에서 빗나가도 사냥꾼은 총대를 내리지 않고
또 다른 숲을 향해 달려간다

목수들이 집을 짓는 마음으로 글을 써라
오랜 시간이 지난 다음, 집이 제 모습으로 완성되면

목수들은 연장을 챙긴다
살 수도 없는 집을 정성스럽게
다듬고 못질하고 대들보를 올린다
그래도 목수는 자기가 만든 집이
자기 집이 아니라는 것을 안다
만들면 떠나야 한다는 것을 안다

글을 쓰되 종을 만드는 대장장이처럼,
쇠로 쇠의 성질을 바뀌게 하고
글을 쓰되 꿩을 잡는 사냥꾼처럼 민첩하고 사납거라
그러나 글을 쓰되, 목수처럼 다 쓰거든 떠나라
남들 그곳에서 먹고 자고 일하도록
그 대문 열쇠를 넘겨주거라

# 여름에 본 것들을 위하여

여름에 흰 영사막처럼 모든 풍경이 정지하고 있을 때,
아이들이 웃통을 벗고
모래밭길로 뛰어가는 것을 본 적이 있는가
창끝 같은 예리한 햇빛이
검은 피부에 찍히는 눈부심을 본 적이 있는가
하늘로 뻗쳐 올라가다가 그냥 사라져버린
하얀 자갈길을 본 적이 있는가
매미소리에 취해버린 나무 이파리들이
주정을 하듯 진동하는 것을 본 적이 있는가

보았는가? 여름 바다를
시의 첫 구절과도 같고,
터져버린 기구와도 같고,
녹슨 철책을 기어 올라가는 푸른 담쟁이덩굴과도 같고,
포르네시아 원주민들의 잔치와도 같은
그 여름 바다를

풀잎 속으로 숨어버린 것은 무엇이었을까
공룡의 새끼를 닮은 도마뱀의 꼬리였던가
옛날 아주 옛날에 창공을 향해 쏘았던
화살촉이었던가
그렇지 않으면 그보다도 먼 몇 십 만 년 전, 먼 조상들이
멧돼지를 사냥하다 버리고 간 돌칼이었던가

여름에 본 것들을 환각이라고 말하지 말라
우리들은 깨어 있었고 천 번 만 번 여름 태양이
출혈을 하는 그 뜨거운 빛의 세례를 받고 있었다
돌은 먼 옛날 생명이 찍힌 화석이 되고
식물채집통에서 해방된 풀들은
모두 양치류처럼 톱니가 나 있었다

다만 잠들어 있던 것은 시간이었을 뿐
우리는 대낮 속에서 분명 낮잠을 잔 게 아니었다
원시의 기억들이다
흙 속에 매장된 흰 뼈들이
유리처럼 투명하게 풍화되어 부서지던 시간

여름에 본 것들을 잡아두기 위해서,
도시의 시인들이여, 하품하지 말라
그리고 낮잠을 거부하라

# 브릿지

세상에는 많은 다리가 있어요
아름답고 튼튼하고 홍수가 일어나도
떠내려가지 않는 다리가 있어요

도시와 도시를 이어주는 다리
대륙과 섬을 이어주는 다리
섬과 섬을 이어주는 다리
그 다리가 없었다면 모든 마을들은
무인도처럼 외로워져요

하지만 다리 가운데 제일 튼튼하고 아름다운
다리는
사람과 사람이 서로 말하고 사랑하고 어루만져주는
살의 다리예요
난간도 없고 교각도 없지만 흔들리지 않는 다리
나를 향해 내미는 따뜻한 손
너를 향해 한마디 위안의 말을 던지는 손
손을 잡을 때 마음까지 잡아주는 사람들의 손
그것이 이 세상에서 가장 아름다운 다리예요

# 정상頂上에 오르는 길

당신들이 이 높은 정상에 이르기 위해서는
가을의 풀벌레처럼 밤에도
쉬지 않고 울어야만 한다
편히 잠든 사람들의 코 고는 소리나
잔칫날에만 부르는 그런 노래여서는 안 된다
섬세하고 아름다운 소리를 내려면
먼저 제 몸을 풀섶에 가릴 줄 알아야 한다

그리고 별이 사라진 하늘에서도
그 빛의 흔적을 볼 줄 알고
단풍 든 이파리에서도
연둣빛 바람소리를 느낄 줄 아는
감성의 더듬이가 있어야만 한다

당신들이 이 높은 정상에 이르기 위해서는
바람을 가득 채운 고무공처럼
탄력이 있어야만 한다
부서지거나 금세 짜부라지는
궤짝이어서는 안 된다
튀어 올라야만 한다
벽에 내던진 것만큼 튀어나오는 반작용,
억누를지라도 다시 제 살결로 부풀어 오를 줄 아는
자생의 힘을 지녀야 한다

당신들이 이 높은 정상에 오르기 위해서는
예언자의 수정구 같은 눈을 가지고 있어야만 한다
단순한 거울이어서는 안 된다
숲이거나 도시거나 사람의 얼굴을
그저 반사하는 영상만으론 부족하다

당신들이 이 높은 정상에 이르기 위해서는
당신들 언어의 혈액이 그냥 B형이거나
AB형이어서는 안 된다

당신의 심장으로 당신의 정신만을 수혈해서는 안 된다
누구에게나 피를 수혈할 수 있는
그런 혈액형으로,
모든 빈혈 환자에게 피를 나눠주는 사람
편협하지 말거라. 부족部族의 피만을 받지 말거라

만년설에 덮인 외로운 정상에
당신의 발자국을 남기기 위해서는
표범과도 같은 의지가 있어야 한다
하산의 유혹과 따뜻한 잠을 뿌리치고
오직 한 치라도 높은 바위가 있으면 뛰어올라라
얼어서 죽을지라도 당신들이 선택한 정상 위의
구름을 꿈꿔야 한다

# 나를 시인이라고 부르지 말라

얼어 죽은 한 마리 새를 본다
나를 시인이라고 부르지 말라
내 입김이 순수해지고 지열처럼 따스해져서
겨울새들이 다시 하늘로 날아오를 때까지는
나를 시인이라고 부르지 마라

쓰레기 소각장에서 아이들 울음소리를 듣는다
비둘기 발처럼 빨갛게 언 손을 내밀어도
어쩌랴 내 호주머니에는 동전 한 닢 없다
저 아이들이 여름 모래밭을 달릴 때까지
나를 시인이라고 부르지 마라

바위에 짓눌려 시드는 사랑
얼어붙은 백조의 무력한 저항
하숙방 냉방에서 얼음이 된 금붕어 어항
사전 속에 유폐된 언어들이 풀려나
시가 될 때까지
절대로 나를 시인이라고 부르지 말라

지금 고개를 숙이고 훌쩍거리는 것은
슬퍼서가 아니다
부끄러움이다

언젠가는 나를 시인이라고 불러다오

일 년 열두 달
한숨밖에는 쉰 것이 없지만
언젠가는 꼭 불러다오

저 강물이 풀리고 새들이 다시 날거든
불러다오
"그는 시인이었다"고

# 시를 쓰려거든 여름 바다처럼

시를 쓰려거든 여름 바다처럼 하거라
운율은 출렁이는 파도에서 배우고
음조의 변화는 저 썰물과 밀물을 닮아야 한다

작은 물방울의 진동이 파도가 되고
파도의 융기가 바다 전체의 해류가 되는
신비하고 무한한 연속성이여
시의 언어들을 여름 바다처럼 늘 움직이게 하라

시인의 언어는 늪처럼 썩는 물이 아니다
소금기가 많은 바닷물은 부패하지 않지만
늘 목마른 갈증의 물
때로는 사막을 건너는 낙타처럼 갈증을 견디며
무거운 짐을 쉽게 나르는 짐승

시를 쓰려거든 여름 바다처럼 하거라
뜨거운 태양 아래에서도 바다는 대기처럼
쉬 더워지지 않는다
한류처럼 늘 차갑게 있거라
빛을 받아들이되 차갑게 있거라

태풍이 바다의 표면을 뒤엎을 때에도
변함없는 해저의 고요함을 배워라
고요의 바닥 한가운데 닻을 내리는 근육을 단련하라

시를 쓰려거든 여름 바다처럼 하거라
바다는 넓고 크지만 작은 진주를 키운다
캄캄한 밤하늘에서 초승달이 자라듯
바닷속 어둠에서 동그랗게 동그랗게 성장하는 진주알

시를 쓰려거든 여름 바다처럼 하거라
나체를 끌어안은 군청색의 매력
삼각파도의 꼭지점에서 비명을 지르는
파도타기 하는 아이들의 즐거움처럼
시를 쓰려거든 여름 바다처럼 하거라

빛의 파도를 타며 생의 정점에서 비명을 지르는
시인이 되거라
여름 바다가 되거라

# 시인과 나목

형용사에 속아서는 안 된다
움직임을 수식하는 부사 역시 안 된다
그것들은 명사나 동사의 조력자가 아니라
몰래 의미를 가로채려는 위험한 모함꾼

겨울의 나목裸木을 보면 안다
나뭇잎을 인생의 영화에 비유한 고인들은
겨울 나무에는 새도 와 앉지 않는다고
한탄했다

나목이 여름의 수목보다 더 아름다운 것을 모르는가
잎사귀들이 떨어지고 나서야 나무의 가지들은
나타난다.
가지 하나하나가 비로소 분명한 선으로, 생명의 선으로
존재한다

나뭇잎이 나무의 피부라면
나뭇가지는 나무의 정맥과 동맥
아니면 바람이 불어도 흔들리지 않는 뼈

———

# 내 일 은  없 어 도

한국인에게

# 벼랑 끝입니다, 날게 하소서

벼랑 끝에서 새해 아침을 맞이합니다
우리에게 날 수 있는 날개를 주소서
어떻게 여기까지 온 사람들입니까
험한 기아의 고개에서도
부모님의 손을 뿌리친 적 없고
아무리 무서운 전란의 들판이라도
등에 업은 자식을 내려놓은 적 없었습니다

남들이 앉아 있을 때 걷고
그들이 걸으면 우리는 뛰었습니다
숨 가쁘게 달려와 이제 꿀과 젖이 흐르는 땅이 눈앞인데
이 낭떠러지에서 그대로 떨어지라 하십니까

벼랑이 벼랑인 줄도 모르는 사람들입니다
어쩌다가 "북한이 핵을 만들어도 놀라지 않고
수출을 3,000억 달러를 해도
웃지 않는 사람들"이 되고 말았습니까
거짓 선지자들을 믿은 죄입니까
남의 눈치 보다 길을 잘못 든 탓입니까
정치의 기둥이 조금만 더 쏠려도,
시장경제의 지붕에 구멍 하나 더 나도,
법과 안보의 울타리보다 철없는 자의 키가
한 치만 더 높아져도
그때는 천인단애의 헛발을 내딛는 추락입니다

덕담이 아니라 날개를 주십시오
비상非常에는 비상飛翔을 해야 합니다
독기 서린 정치인들에는 비둘기의 날개를 주시고
살기에 지친 시민들에게는 독수리의 날개를 주십시오
주눅 든 기업인들에는 갈매기의 비행을 가르쳐주시고
진흙바닥에 처박힌 지식인들에는 구름보다 높이 나는
종달새의 날개를 보여주소서

날게 하소서 뒤처진 자에게는 제비의 날개를,
설빔을 마련하지 못한 사람에는 화려한 공작의 날개를,
홀로 사는 노인에게는 천년학의 날개를 주소서
그리고 남남처럼 되어가는 가족에는
원앙새의 깃털을 내려주소서

우리 어린것들이 다니는 학교 마당에도
황혼이 지고 있습니다
더 어둡기 전에 미네르바의 부엉이처럼
날개를 펴게 하시고
갈등과 무질서로 더 이상 이 사회가 찢기기 전에
기러기처럼 나는 법을 가르쳐주소서
소리를 내어 서로를 격려하고
선두의 자리를 바꾸어가며 대열을 이끌어간다는
저 신비하고 오묘한 기러기처럼
우리 모두를 날게 하소서

104

아닙니다 아주 작은 날개라도 좋습니다
"날자 날자 한 번만 다시 날아보자꾸나"
지금 외치는 이들 소원을 들어주소서

은빛 날개를 펴고 새해의 눈부신 하늘로 날아오르는
경쾌한 비상의 시작!
벼랑 끝에서 날게 하소서

˚ 2000년《중앙일보》신년호에 게재된 신춘시.

# 천 년의 문

절망한 사람에게는 늘 닫혀 있고
희망 있는 사람에게는 늘 열려 있습니다
미움 앞에는 늘 빗장이 걸려 있고
사랑 앞에는 늘 돌쩌귀가 있습니다

천 년의 문이 있습니다
지금 이 문이 이렇게 활짝 열려 있는 까닭은
희망과 사랑이 우리 앞에 있다는 것입니다

새 천 년은 오는 것이 아니라
맞이하는 것입니다
새 천 년은 맞이하는 것이 아니라
창조하는 것입니다

빗장 없는 천 년의 문이
이렇게 활짝 열려 있는 것은
미움의 세월이 뒷담으로 가고
아침 햇살이 초인종소리처럼
문 앞에 와 있는 까닭입니다

# 달의 노래

달의 노래를 불러요
집을 지어요
쇠도끼는 녹이 나니까
금도끼래야 된답니다

땅 위에 세우는 집과
하늘에 세우는 집이 다르기 때문이래요

날이 무딘 쇠도끼는 안 된답니다
달빛 같은 은도끼로 다듬어요
소유의 집과
존재의 집이
다르기 때문이래요

아무리 참 자가 붙어 있어도
산속의 참나무는 안 된답니다
달 속에서 자란 계수나무
봄 여름 가을 겨울 없는
달 속의 나무
나이테가 없는 나무래야 된대요

그래야 천년만년 살 수 있대요
땅 위에서 사시는 부모님 모셔다가
하늘 위에 사시는 보모님 모셔다가

영원히 살아가는 우리 식구를 위해서
달의 노래를 불러요
집을 지어요

# 쓰레기를 씨레기로

'으'에서 '이'로 모음 하나 바꾸면
파리 떼가 모이던 쓰레기들이 갑자기 바뀐다
사람이 먹는 씨레기로

벌레 먹은 배춧잎, 상한 무청들
쓰레기로 내버린 것들을 한데 모아서
정성껏 엮어 추녀 밑에 매달면
바람이 씻어주고 햇볕이 말려준다
쓰레기를 씨레기로 바꾸는 어머니의 손
질그릇에 담기는 씨레깃국이 된다

무 배추는 밭의 흙 위에서 자라지만
씨레기는 바람 부는 햇빛 속에서 거듭난다
땅에서 자라는 무 배추보다
하늘에서 씨레기가 된 무 배추가
맛도 영양분도 좋다 하더라

모음 하나로 쓰레기를 씨레기로 만드는 슬기
생각 하나 바꾸면 우리가 내버린 쓰레기들이
새로운 자원으로 거듭나는 기적
도시는 쓰레기 더미가 아니라
자원을 만드는 광산이 된다

˚ 표준말은 '시래기'지만 '쓰레기'와 운을 맞추기 위해서 어릴 적 말하던 대로 '씨레기'로 그냥 표기했다.

# 아름다움이 힘이니라

30만 년 전 네안데르탈인의 무덤이 발굴되던 날
사람들은 놀랐다
거기 우리와 같은 사람들이 살았었구나

어느 짐승 어느 원숭이가
눈물방울 같은 꽃송이를 뿌리며
무덤을 만드는 것을 본 적 있는가
오직 인간만이 먹을 수도 입을 수도 없는
꽃을 꺾어서 죽은 자의 제단을 만든다

벌과 나비는 꿀을 따기 위해 꽃을 찾지만
사람은 아름다움을 찾기 위해 꽃밭으로 간다
사람을 만든 한 송이의 꽃
영혼을 만든 한 송이의 향기
짐승의 이빨이나 발톱보다도 강한
한 송이의 꽃잎

수원 화성을 지을 때 신하들이 상소하기를
"무릇 성곽이란 예부터 적을 막기 위한 것
튼튼하고 강하면 그만인 것을
어찌하여 아름답게 꾸미시려다
성심마저 상하시려 하오십니까."

조선의 왕 정조께서 이르시기를

아니다, 이 몽매한 자들아
아름다운 성이 적을 막는다
아름다움이 곧 강한 힘이로다


30만 년 전 네안데르탈 꽃무덤이
성이 되었네
한국의 강한 성 아름다운 성
화성이 되었네

# 콩 심기

할아버지와 손자가 밭에 콩을 심었어요
손자는 땅에 구멍을 파고 콩 한 알을 넣고 묻었습니다
할아버지는 땅에 구멍을 파고 콩 세 알을 넣고 묻었습니다
손자는 이상해서 할아버지에게 물었습니다
할아버지 왜 아깝게 한 구멍에 세 알씩이나 넣으세요

할아버지는 여전히 땅에 구멍을 파고
콩 세 알을 넣으며 말했습니다
한 알은 땅에서 사는 벌레가 먹고
한 알은 하늘에 나는 새가 먹고
마지막 한 알은 싹이 나서 우리가 먹는 것이란다

인간은 자연을 지배하는 왕이 아니라
자연의 한 시민

하늘의 새와
땅의 벌레와
함께 나누며 살아가는 거예요

아이의 손을 잡고 옛날 한국의 할아버지처럼
콩을 심어요
한 알은 벌레가 먹고
한 알은 새가 먹고

나머지 한 알에 싹이 나면 우리가 먹자고
콩 세 알을 땅속에 묻어요

# 잡는다는 것

잡는다는 것은 안다는 것입니다
잡는다는 것은 구한다는 것입니다
잡는다는 것은 선택하고 소유한다는 것입니다
보이는 것 보이지 않는 것
기회를 잡고 사랑을 잡고 운명을 잡지요
잡는다는 것은 바로 세계를 잡는 것이지요

이 세상에서 한국인만큼 잡는 것의 의미를
제대로 안 민족도 드물 겁니다
첫 생일을 맞는 아이를 돌잡이라고 부르지 않았습니까
돌상에 물건을 차려놓고 무엇인가를 잡도록 하였습니다
세상에 태어나서 최초로 잡는 것
돌상 앞에서 우리는 무엇인가를 잡는 것으로 인생을 출발
했지요
쌀알을 붓대를 명주실이나 책이나 떡을
운명을 잡듯이 잡았지요

돌날만이 아니었습니다 사랑하는 이를 두 손으로 잡았고
잡고 또 잡았습니다
그래서 귀여운 내 아이들 손을 잡았잖아요
이제 녀석들의 차례입니다
내 아이가 무엇을 잡는지
날마다 돌상을 차려놓고 잡는 연습을 시켜요

# 한글 배우기

부처님이 앉아 계신 연화대만큼은 아니지만
모든 것들은 제각기 든든한 받침대를 갖고 있다
찻잔이 찻잔 위에 놓이고
초가 촛대 위에서 타오르듯이

별과 달은 ㄹ받침으로
깜깜한 허공 위에 떠 있다

시방
생과 사랑은 외발자전거를 타는 곡예사처럼
동그란 ㅇ자 받침대 위에서 맴돌고
폭력과 속력은 위험한 커브길처럼
꺾어진 ㄱ자  위에서 질주한다
그런데
아무리 찾고 찾아도
'나'와 '너'에는 받침대가 없다

다만
어느 으스름한 저녁에
불 켜진 집으로 돌아갈 때에
사람들의 모난 받침대가 정을 맞으면
사랑이 된다 태양 같은 동그란 사랑이 된다
사람과 미움의 받침대가 동그라미가 되면
사람의 마음은 정이 되고 사랑이 된다

둥근달이 뜰 때 나는 너에게로 가고
너는 나에게로 온다
찻잔이 찻잔 위에 놓이듯이
초가 촛대 위에서 타오르듯이
사람은 정과 사랑 위에서 타오른다

° '정'은 돌을 쪼는 '정'이고 마음을 쪼는 '정情'이다.

# 콜럼버스의 종달새

크리스토퍼 콜럼버스가 말입니다
처음 세인트도밍고 섬에 상륙했을 때 말입니다

맨 먼저 본 것은 하늘을 나는 새 한 마리
어찌나 예쁘고 맑게 울며 날아가던지
콜럼버스가 남긴 글을 보면 말입니다
스페인의 어떤 새들도 여기 종달새처럼은
울지 못할 거라고

훗날 사람들이 말입니다
세인트도밍고 섬에 가보았더니 말입니다
그 섬에는 종달새가 살지 않는 곳
콜럼버스가 본 새는 스페인에는 없는 새

이탈리아의 제노바 사람 콜럼버스가 말입니다
새 땅을 밟고서도 생각은 떠나올 때의 파로스 항구
신대륙에는 신대륙에만 있는 새소리가 있다는 것을
모르고 말입니다

크리스토퍼 콜럼버스의 항해 이야기는
그렇게 끝이 났는데 말입니다

지금도 그걸 종달새소리라고 믿고 있는 사람들 말입니다
누군가가 일러줘야 하는데

너희들 항해는 끝이 났다고 말입니다
낡은 돛을 내리라고 말입니다

새 땅의 새 흙을 밟으라고 말입니다
종다리보다 높이 날고 종다리보다 높이 뜨는
낯선 새들의 새소리를 들으라고 말입니다

˚ 새소리는 새의 울음소리이기도 하고 새로운 소리라는 뜻도 되는 이중
의 의미를 품고 있다. 그것이 재미있어서 메모를 해두었다가 보면서 쓴
시이다.

# 말아 다락 같은 말아

지용의 말은 슬프다
잘 때도 서서 자는 말은 슬프다
말들의 슬픔이 있어 사람들은 편히 자고
말들의 고단한 수레가 있어서
사람들은 쉽게 대륙을 횡단한다

말들은 짐승이라 겉보리를 먹고
말들은 짐승이라 함부로 똥을 눈다
도시의 거리마다 똥이 쌓이고
도시의 인간들은 양식이 떨어져 허기진다

백만 필의 말로부터 영국을 구하기 위해서
애덤 스미스는 보리를 먹지 않는 말
똥을 누지 않는 말을 꿈꾼다
제임스 와트는 말의 뜨거운 입김 없이도
맷돌을 돌리는 증기기관을 꿈꾼다

드디어 기차와 자동차가 말을 쫓아낼 때
800만 명이 먹는 식량이 창고에 쌓였다고
사람들은 손뼉을 쳤다

그러나 말은 슬프다
경마장의 환호 속에서 달리는 말은 슬프다
옛날 버펄로가 다니던 초원길이

철길이 되고 자동차길이 되면서
1억 마리 버펄로들이 죽음을 당했다
경마장에서는 이긴 말도 슬프고 진 말도 슬프다

지용의 말은 슬프다
이젠 너를 타고 대지의 끝을 가도
말아 다락 같은 말아

너에게 줄 싱싱한 푸른 콩 파란 콩이 없다
너는 사람의 편
그래서 슬픈 다락 같은 말아

# 반대말 놀이

아이들은 줄넘기를 하고 논다
몸이 크느라고 키가 크느라고
자기도 모르게 줄넘기 놀이를 한다

아이들은 반대말 놀이를 한다
생각의 근육을 단련하기 위해서
자기도 모르게 수수께끼 반대말 놀이를 한다

산토끼 반대말은 집토낀 줄 알았는데
죽은 토끼라고 한다
산다의 반대말은 죽다니까

산토끼의 반대말은 죽은 토낀 줄 알았는데
판 토끼라고 한다
사다의 반대말은 판다니까

산토끼 반대말은 판 토낀 줄 알았는데
아니란다 산토끼 반대말은 바다 토끼
산의 반대말은 바다니까

모두 아니란다 그게 산토끼의 반대말이 아니란다
산토끼의 반대말은 알칼리성 토끼
과학시간에 산성의 반대말은
알칼리성이라고 배웠으니까

오늘도 계속되는 반대말 놀이
계란의 흰자위의 반대말은 노른자위인데
사람들은 흰 것의 반대는 검은 것이니까
검은자위가 옳다고 한다

남들이 반대말 놀이를 할 때
우리 아이들은 세 살 때부터 붙인 말을 배운다
나가는 것과 들어오는 반대말을 하나로 붙여
나들이라고 하고
빼고 닫는 것을 반대말을 하나로 묶어 빼닫이라 하고
시원한 것과 섭섭한 것까지 한데 어우러
시원섭섭이라고 말하는 아이들

미래학자여, 물어보거라 한국의 아이들에게
21세기의 문은 열려 있는가 닫혀 있는가
그러면 그들은 말할 것이다
그것은 열고 닫는 여닫이문이라고 할 것이다

# 양계장 보고서

**보고자**

영국 브리스톨 대학 Toby Knowles 교수 · 식용동물과학

조사 대상 5만1천 마리의 닭 브로일러

**내용**

양계장 닭 브로일러는 부화 후 40일 시점에서 4분의 1 이상이 보행에 문제가 있음이 확인되었음 그중 약 3퍼센트는 거의 동작 불능

**원인**

성장을 촉진시킨 집약형 번식 방법이 이와 같은 보행장해를 일으키는 원인이 된 것. 50년 전에 브로일러의 성장률은 하루에 25그램이었으나 사육에 공업적인 기술이 적용된 현재 브로일러들은 하루에 무려 100그램의 체중이 증가

**참고 사항**

닭의 본래 수명은 6~7년 식육용으로 사육된 닭들은 부화 후 약 40일 정도면 도살

**조사 결과에 대한 의견**

연간 200억 마리가 사육되고 있는 브로일러의 운명을 바꿔주기 위해서는 시급한 대책이 강구되어야 함

**게재지**

Public Library of Science ONE

**논문 제목**

"브로일러broiler의 각부장해─발증율 리스크 팩타와 예방"

**보고서를 읽고 난 뒤의 독후감**

나는 날지 못하는 닭을 꾸짖었다
갈매기 조나단을 모르느냐고
더 넓은 하늘 어디에 두고
땅속만 뒤지고 다니는가

너는 병풍에 그린 닭이 아니다
대낮 장대에 올라 분노의 홰를 치고
목을 빼어 울어라

그러나 미안하다 지금 나는
날지 못하는 닭이 아니라
걷지 못하는 닭들을 위해 시를 쓴다

병아리 떼 종종 봄나들이 갑니다

하루에 100그램씩 체중이 불어나다가
6~7년의 생명을 한 달 열흘의
고깃덩어리로 마감하는
너, 양계장 닭 통닭구이여
미안하다 정말 미안하다

병아리 떼 종종종 봄나들이 갑니다
추억의 노래를 너희들에게 바친다

# 지금도 떨어지는 꽃들이 있어 — 낙화암에 부처

지나다가 물어보아라
이끼 묻은 절벽에 흐르는 강물에
고란초와 깨어진 기왓장에
물어보아라
어째서 꽃들은 떨어졌는가
사랑과 젊음이 남아 있는데
누군가 저 꽃들을 지게 한 것은
천 년 전 옛말씨로 물어보아라

달인가
바람인가
소낙비인가

그러나 아니라고 할 것이다
아니 아니라고 할 것이다
그것은 계절이 아니라 역사
그것은 천둥이 아니라 말발굽소리

떨어지라고 떨어지라고
불타는 벌판이 말을 했다
순결은 죽음보다 강한 것
죽음은 생보다 짙은 것
사랑은 쫓기는 게 아니라
떨어지는 것이라고

꽃들의 뿌리가 가르치었다

지금도 그런 순서로 우리 딸들이
어느 역사의 벼랑에선가
떨어지고 있다
가난의 낭떠러지에서
지폐와 벨트와 소음 밑에서
오늘
우리 딸들이 떨어지고 있음을

꽃들이 지는데 지금
천 송이 또 천 송이 꽃이 지는데
계백이여 불타는 고향을 지키던 계백이여
지금 어디에서 칼을 가는가
꽃이 지는 어느 강가의 바위 위에서
회한의 칼을 가는가

오늘도 떨어지는 꽃들이 있어
강물은 잠들지 않는다

# 비가 오고 나면

비가 오고 나면
가지마다
이파리마다
빗방울이 맺힌다

빗방울은 눈물이 된다
슬픈 일도 없는데
눈물이 된다

나뭇가지가 운다
파란 하늘이 너무 맑아서
들판의 꽃들이 너무 아름다워서
그리고 제가끔 혼자라서

나무 이파리가 운다
나뭇가지가 운다

## 포 도 밭 에 서   일 할   때

하나님에게

# 탕자의 노래

내가 지금 방황하고 있는 까닭은
사랑을 하기 시작했기 때문입니다

내가 지금 헤매고 있는 까닭은
진실을 배우기 시작했기 때문입니다

내가 지금 멀리 떠나고 있는 까닭은
아름다운 순간을 보았기 때문입니다

지금 집으로 돌아갈 수 없는 것은
사랑을 알고 진실을 배우고
아름다움은 보았지만
나에게 믿음이 없는 까닭입니다

나의 작은 집이 방황의 길 끝에 있습니다
날 위해 노래를 불러줘요 집으로 갈 수 있게
믿음의 빛을 주어요
개미구멍만 한 내 집이 있기에
나는 지금 방황하고 있어요

# 포도밭에서 일할 때

포도는 잡초도 자라지 않는 척박한 땅에서
자란다고 하더라
그 목마름이 얼마나 타올랐기에
물을 찾는 뿌리가 수십 척 땅속
암반수岩盤水에 이른다고 하더라
포도나무 가지에 움이 트고
작은 꽃들이 피어날 때
님이 와서 말한다고 하더라
너를 사랑한다고

그 갈증의 뿌리가 나뭇가지마다
포도송이를 영글게 할 때
포도원지기는 이마의 땀을 씻고 말한다 하더라
이 포도밭은 당신의 것
당신이 이 포도밭 주인이라고

그분이 목말라할 때 신 포도주가 되지 않도록
사람들은 새벽에 일어나 포도를 딴다 하더라
알알이 소망의 빛이 배인 포도송이를 따다 술을 빚고
말한다고 하더라
여기 지상에서 가장 향기로운 술이 있나이다

말한다고 하더라
내가 마시기 위해서가 아니요

오직 한 분의 입술을 적시기 위해서라고
말한다고 하더라

포도로 빚은 술은 사람의 피보다
더 붉다 하더라
여름 태양빛이 노을로 불탈 때보다
더욱 붉다 하더라

내가 포도밭에서 일할 때
그런다고 하더라

# 길가에 버려진 돌

길가에 버려진 돌
잊혀진 돌
비가 오면 풀보다 먼저 젖는 돌
서리가 내리면 강물보다 먼저 어는 돌

바람 부는 날에는 풀도 일어서 외치지만
나는 길가에 버려진 돌
조용히 눈 감고 입 다문 돌

가끔 나그네의 발부리에 채여
노여움과 아픔을 주는 돌
걸림돌

그러나 어느 날 나는 보았네
먼 곳에서 온 길손이 지나다 걸음을 멈추고
여기 귓돌이 있다 하셨네
마음이 가난한 자들을 위해 집을 지을
귀한 귓돌이 여기 있다 하셨네

그 길손이 지나고 난 뒤부터
나는 일어섰네
눈을 부릅뜨고
입 열고 일어선 돌이 되었네

아침 해가 뜰 때
제일 먼저 번쩍이는
돌
일어서 외치는 돌이 되었네

# 내가 살 집을 짓게 하소서

내가 살 집을 짓게 하소서
다만 숟가락 두 개만 놓을 수 있는
식탁만 한 집이면 족합니다
밤중에는 별이 보이고
낮에는 구름이 보이는
구멍만 한 창문이 있으면 족합니다

비가 오면 작은 우산만 한 지붕을
바람이 불면 외투자락만 한 벽을
저녁에 돌아와 신발을 벗어놓을 때
작은 댓돌 하나만 있으면 족합니다

내가 살 집을 짓게 하소서
다만 당신을 맞이할 때 부끄럽지 않을
정갈한 집 한 채를 짓게 하소서
그리고 또 오래오래
당신이 머무실 수 있도록
작지만 흔들리지 않는
집을 짓게 하소서

기울지도
쓰러지지도 않는 집을
지진이 나도 흔들리지 않는 집을
내 영혼의 집을 짓게 하소서

# 하늘의 새, 들의 백합꽃

무엇을 먹을까 걱정하지 말라 하시지만
나는 새처럼 하늘을 날 수 없습니다
무엇을 입을까 걱정하지 말라 하시지만
백합처럼 비단을 짜 제 몸을 치장할 줄 모릅니다

당신이 아니 계시면 추워서 떨고
배고파 울었겠지요
그러나 이제는 하늘을 나는 새
들판에 피는 백합도
부럽지 않습니다

당신의 목소리를 듣고부터
날개가 없어도 하늘을 날고
베틀이 없어도 베를 짭니다

그래도 근심 걱정이 남아 있어요
당신이 너무 먼 곳에 있어
보이지 않을까 봐서

# 어느 개인 날

태양은 혼자의 힘으로 빛나는 것은 아니다
비나 구름 그리고 어둠과 함께 있을 때
빛은 비로소 빛이 된다

사막의 모래알을 비출 때 태양은 저주지만
풀잎 이슬 위로 쏟아지면 축복이다
태양이 이슬에 젖는 순간마다 태양빛은 새로워진다

하나님은 우리에게 밤을 주신 것이 아니라
밤을 통해서 새벽의 빛을 주신 것이다
하나님은 우리에게 홍수를 주신 것이 아니라
홍수로 인해 아름다운 무지개를 주신 것이다

하나님은 우리에게 죽음을 주신 것이 아니라
죽음으로 하여 아름다워지는 생명을 주신 것이다

태양은 흑점의 어둠이 있어 빛나는 것이다

# 언제 아담은 울었는가

언제 아담은 울었는가
에덴에 핀 꽃을 처음 보았을 때인가
최초로 이브의 살을 만져본 순간이었을까
아니면 에덴의 동쪽으로 떠나던 날이었을까

아닐 것이다
태양이 노을이 되고 노을이 어둠이 되는
처음 맞는 밤에도 공포에 떨었을 뿐
아담은 울지 않았다

아담은 울지 않았다
다만 아담이 운 것은
정확하게 천지창조 칠 일째 되는 날
아침 해가 어둠 속에서 불쑥 솟아오를 때
아담은 그때 목 놓아 울었으리라

오랜 장마 끝
어느 맑게 개인 날

이불을 널어 말리듯
태양으로 고개 돌려
심호흡을 할 때
나는 더 이상 가난을
미워하지도

부끄러워하지도 않았습니다

그저 천지창조의 일곱 번째 날
아침을 생각하면서
산다는 것이
손뼉을 치듯 너무 기뻐서
최초의 남자 아담처럼
소리 내어 울었습니다

# 맹물이 포도주로 변할 때

기억은
시간의 저장소가 아닙니다

휘파람소리같이 지나가는 시간과 사건들을
욕망의 참나무통 안에 가두어 발효시키는 것

철 지난 포도알들이 노을처럼 불타다가 터지면
그때 당신은 내 일상의 기억들을 발효시키는
지하실의 어둠이 되어 찾아오십니다

당신은 거기에서
오래 침묵하는 법과
아픔을 참는 법과
눈물 없이 망각하는 법을
일러주십니다

이제는 늙어 마지막 내 한 방울의 젊음이
가을 벌판에 쏟아지는 찬비가 되는 날
비로소 나는 당신의 목소리를 듣습니다

따르라 빈 잔에
눈물처럼 고이게 하지 말고
희열의 샘물처럼
사랑의 잔을 넘치게 하라

맹물의 기억은 오로지
당신의 지하창고의 어둠 속에서만
진한 향기의 포도주가 됩니다

# 나의 키와 몸무게보다

나의 키
1미터 68센티
나의 키보다 더 높은 것을 주소서
한 뼘만큼 키가 더 자라면
옥수수밭에 가려 보이지 않던
당신께서 거하시는 집
빨간 노을에 물든
아름다운 문기둥이 보일 것입니다

나의 몸무게
68.1킬로그램
밥 한 술의 무게만큼 더 가볍게 하소서
땅바닥을 기어 다니던 곤충들에
더듬이를 달아주시듯
내 천 근 몸무게를 가볍게 하소서
먹구름, 뭉게구름에 가리어 보이지 않던
당신이 거하시는 집
루비 사파이어의 창문을 볼 것입니다

보세요 내 키는 오늘도 자라고
내 몸무게는 오늘도 가벼워져서
틴토레토의 그림 속 당신의 모습을
닮아갑니다

그러나 아니에요 나는 당신처럼 가벼워지고
그 키가 커질 수는 없어요
천 년을 살아도 아니 될 것입니다

당신의 키는 땅에서 하늘
몸무게는 새벽 공기보다도 가볍습니다

어떻게 당신을 따르라 하십니까

# 하용조 목사님의 얼굴

하용조 목사님의 얼굴에는
봄의 햇살 같은 온유함과
천둥 번개 치는 여름의 열정과
가을의 풍요와 혹은 쓸쓸함
그리고 질병이 고드름처럼
매달리는 겨울의 고통까지

하용조 목사님의 얼굴에는
넓은 들판만큼의 사계절이 있다

남을 미워할 때에는
봄 얼굴이
죄를 보고도 눈 감을 때에는
여름 얼굴이
글을 쓰다가 기도를 할 때에는
가을 얼굴이

그러나 살기 힘들어 내 종아리를 칠 때
떠오르는 그 얼굴은 겨울 무지개
온종일 투석을 하고도 보아라
큰 바위 얼굴처럼 우리에게 다가오는 그 얼굴

그러다가 봄의 얼굴이 되면
그때는 내 언 가슴에도 물 흐르는 소리

책력처럼 정확하게 찾아오는
사랑의 부활 생명의 순환
우주의 사계절을 담은 얼굴
하용조 목사님의 얼굴

# 어느 무신론자의 기도 1

하나님
당신의 제단에
꽃 한 송이 바친 적이 없으니
절 기억하지 못하실 겁니다

그러나 하나님
모든 사람이 잠든 깊은 밤에는
당신의 낮은 숨소리를 듣습니다
그리고 너무 적적할 때 아주 가끔
당신 앞에 무릎을 꿇고 기도를 드립니다

하나님
어떻게 저 많은 별들을 만드셨습니까
그리고 처음 바다에 물고기들을 놓아
헤엄치게 하셨을 때
저 은빛 날개를 만들어
새들이 일제히 날아오를 때
하나님도 손뼉을 치셨습니까

아! 정말로 하나님
빛이 있어라 하시니 거기 빛이 있더이까

사람들은 지금 시를 쓰기 위해서
발톱처럼 무딘 가슴을 찢고

코피처럼 진한 눈물을 흘리고 있나이다

모래알만 한 별이라도 좋으니
제 손으로 만들 수 있는 힘을 주소서
아닙니다 하늘의 별이 아니라
깜깜한 가슴속 밤하늘에 떠다닐
반딧불만 한 빛 한 점이면 족합니다

좀 더 가까이 가도 되겠습니까
당신의 발끝을 가린 성스러운 옷자락을
때 묻은 손으로 조금 만져봐도 되겠습니까

아 그리고 그것으로 저 무지한 사람들의
가슴속을 풍금처럼 울리게 하는
아름다운 시 한 줄을 쓸 수 있도록
허락해주시겠습니까

하나님

# 어느 무신론자의 기도 2

당신을 부르기 전에는
아무 소리도 들리지 않았습니다
당신을 부르기 전에는
아무 모습도 보이지 않았습니다
하지만 이제 아닙니다
어렴풋이 보이고 멀리에서 들려옵니다

어둠의 벼랑 앞에서
내 당신을 부르면
기척도 없이 다가서시며
"네가 거기 있었느냐"
"네가 그동안 거기 있었느냐"고
물으시는 목소리가 들립니다

달빛처럼 내민 당신의 손은
왜 그렇게도 야위셨습니까
못자국의 아픔이 아직도 남으셨나이까
도마에게 그렇게 하셨던 것처럼 나도
그 상처를 조금 만져볼 수 있게 하소서
그리고 혹시 내 눈물방울이 그 위에 떨어질지라도
용서하소서

아무 말씀도 하지 마옵소서
여태까지 무엇을 하다 너 혼자 거기에 있느냐고

더는 걱정하지 마옵소서
그냥 당신의 야윈 손을 잡고
내 몇 방울의 차가운 눈물을 뿌리게 하소서

° 딸 민아에게서 전화가 왔다. 긴 전화였다. 하나님 이야기를 한다. 그 애가
행복해하는 모습을 보면서 그동안 믿지 않던 신의 은총을 생각한다. 무슨 힘
이 민아를 저토록 다른 사람으로 만들었을까. 그 애가 그 아픈 병에서 나을
수만 있다면 하나님을 믿겠다고 약속했다. 그러나 아직까지 그 약속을 지키
지 못하고 있다. 내가 가지고 있는 것은 언어밖에는 없다. 내가 하나님과 비
록 약속을 지키지는 못했어도 그것이라면 기꺼이 하나님을 위해 바칠 수가
있다. 그래서 '무신론자의 기도' 두 편을 썼다.

# 시작詩作 메모

| 1장 | 눈물이 무지개 된다고 하더니만 —어머니들에게

삼성출판사에서 간행한 『천 년을 달리는 엄마』 가운데 뽑아 수정한 작품들이다. 원래 시 형식으로 쓴 것이지만 『천 년을 달리는 아이』와 함께 간행된 책이어서 교훈성이 강해 이번에 시작품으로 다시 쓴 것이다.

| 2장 | 혼자 읽는 자서전 —나에게

2004년부터 써왔던 '교토 일기'와 메모장에 적어두었던 시들을 다시 수정하여 묶은 것으로 순수한 개인적인 시심을 담은 작품들이다. 이 가운데 「도끼 한 자루」는 『시인세계』에 발표되었던 것이고, 「하나의 나뭇잎이 흔들릴 때」, 「수인영가」는 기존에 출간된 작품집에 수록되었던 것들이다.

| 3장 | 시인의 사계절 —시인에게

『문학사상』 권두언에 산문시 형태로 발표되었던 작품으로 『말』 등의 단행본으로 소개되었으나 그 가운데 시론 혹은 시인론과 관련된 것만을 뽑아 개작한 것이다.

| **4장** | 내일은 없어도 ─한국인에게

『중앙일보』를 비롯해 여러 매체에 실렸던 행사시와 한국문화와 21세기 문명에 관한 에세이 가운데 들어 있던 시작품들을 독립된 작품으로 다시 고쳐 쓴 작품들. 메시지 위주의 시들이다.

| **5장** | 포도밭에서 일할 때 ─하나님에게

2004년 세례 받기 이전 일본 교토에서 쓰기 시작한 종교적 이미지를 담은 시와 현재까지 몇몇 문예지에 발표한 시, 그리고 CTS 방송(2008) 등에 발표한 시들이다.